好笑頭盔
只要戴上它，你也能一瞬間變身。
使用方法
趁噴火龍爆笑到倒地時……
哇哈哈哈，長得真可笑～
打倒牠！
嗚嗚。
噹
猜拳劍
對付喜歡
的噴火龍
劍最棒了!!
使用方法
喂，要不要來猜拳呀？
怎麼樣啊？
輸了～

怪傑佐羅力之打敗噴火龍

文·圖 **原裕** 譯 葉韋利

在月光的照射下，
一片芒草原就像雪花，閃閃發光。
有一抹黑影，身在其中……。

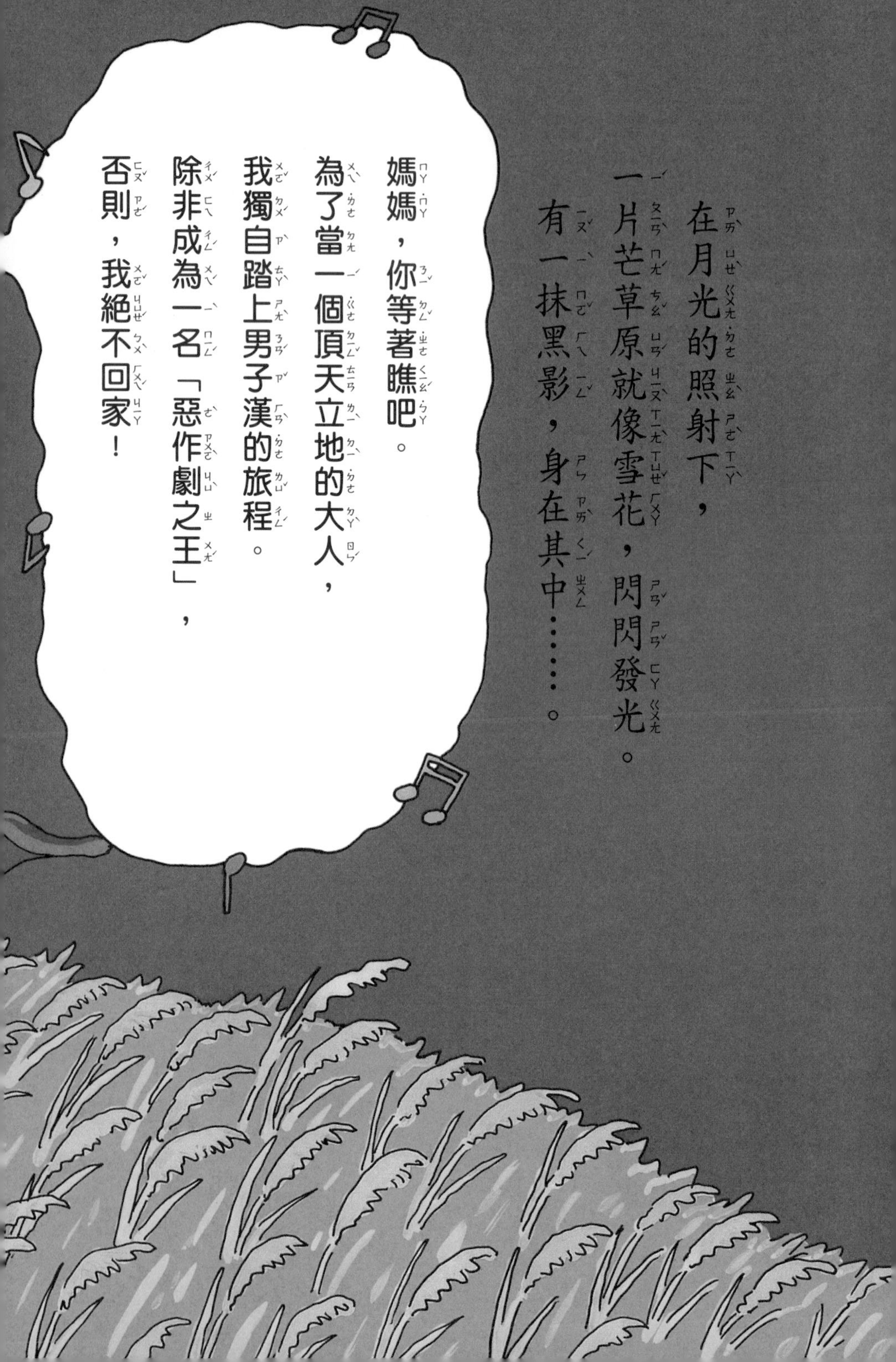
媽媽，你等著瞧吧。
為了當一個頂天立地的大人，
我獨自踏上男子漢的旅程。
除非成為一名「惡作劇之王」，
否則，我絕不回家！

是的。他就是為了學習惡作劇而踏上修練旅程的佐羅力。

這時，有一聲尖叫，劃破黑夜傳來。

「救命啊～～～～！」

原來是賣關東煮的老闆，遭受山賊攻擊。
慢著慢著慢——著。
啊，太好了。是正義使者。
關東煮

「呵呵呵呵，真可惜，
本大爺最喜歡的，
就是搗蛋、惡作劇。
我是邪惡使者——怪傑佐羅力大爺。
把你的關東煮攤子留下來，
快走開吧！」
「咦，怎……怎麼這樣，太過分了。」
賣關東煮的老闆
哭著逃走。

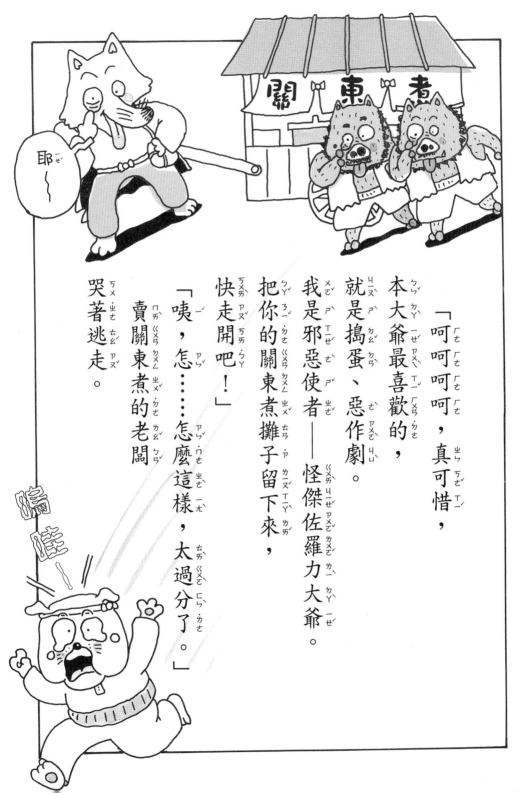

「兩位山賊朋友，
給我黑輪還有豆腐丸子吧。」

「啊，你就是大壞蛋最崇拜的
佐羅力大師嗎？
來呀，請用，請用。」

我們是
這座布魯魯山的山賊，
野豬雙胞胎兄弟是也。
我是哥哥，伊豬豬。

「佐羅力大師，您來得正好。
明天這個國家的公主，
就要嫁給一個大壞蛋喔。」
「聽說是又老實、又溫柔、有勇氣，
而且還會伸張正義的強壯黑豹呢。」
伊豬豬和魯豬豬說。

「哇呀——聽起來真糟糕。
既然都聽到了，身為惡作劇天才、
邪惡使者的佐羅力大爺我，
可不能袖手旁觀哪。」

「就是呀。佐羅力大師會在這時出現，
一定是神明的指引。
要讓你當上這個國家的王子……。」

「好，我就在這裡建造第二座佐羅力城。
然後，封你們兩個當大臣，

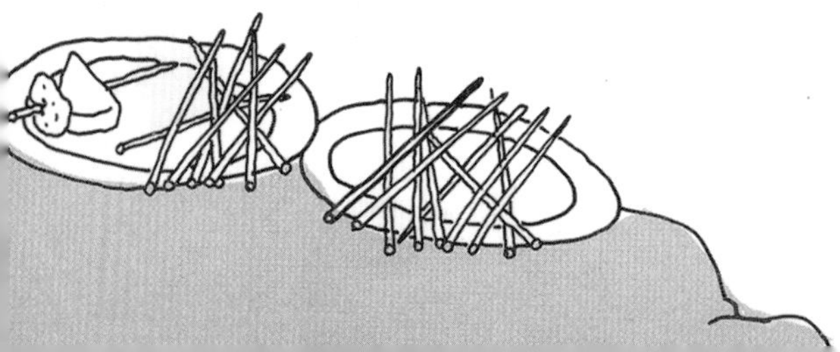

陪本大爺一起捉弄國民，
過著幸福的生活。
媽媽一定也會為我的成就
感到高興啊。」
佐羅力馬上和伊豬豬、
魯豬豬，召開一場作戰
會議。
他們究竟會想出什麼樣
可怕的作戰計畫呢？

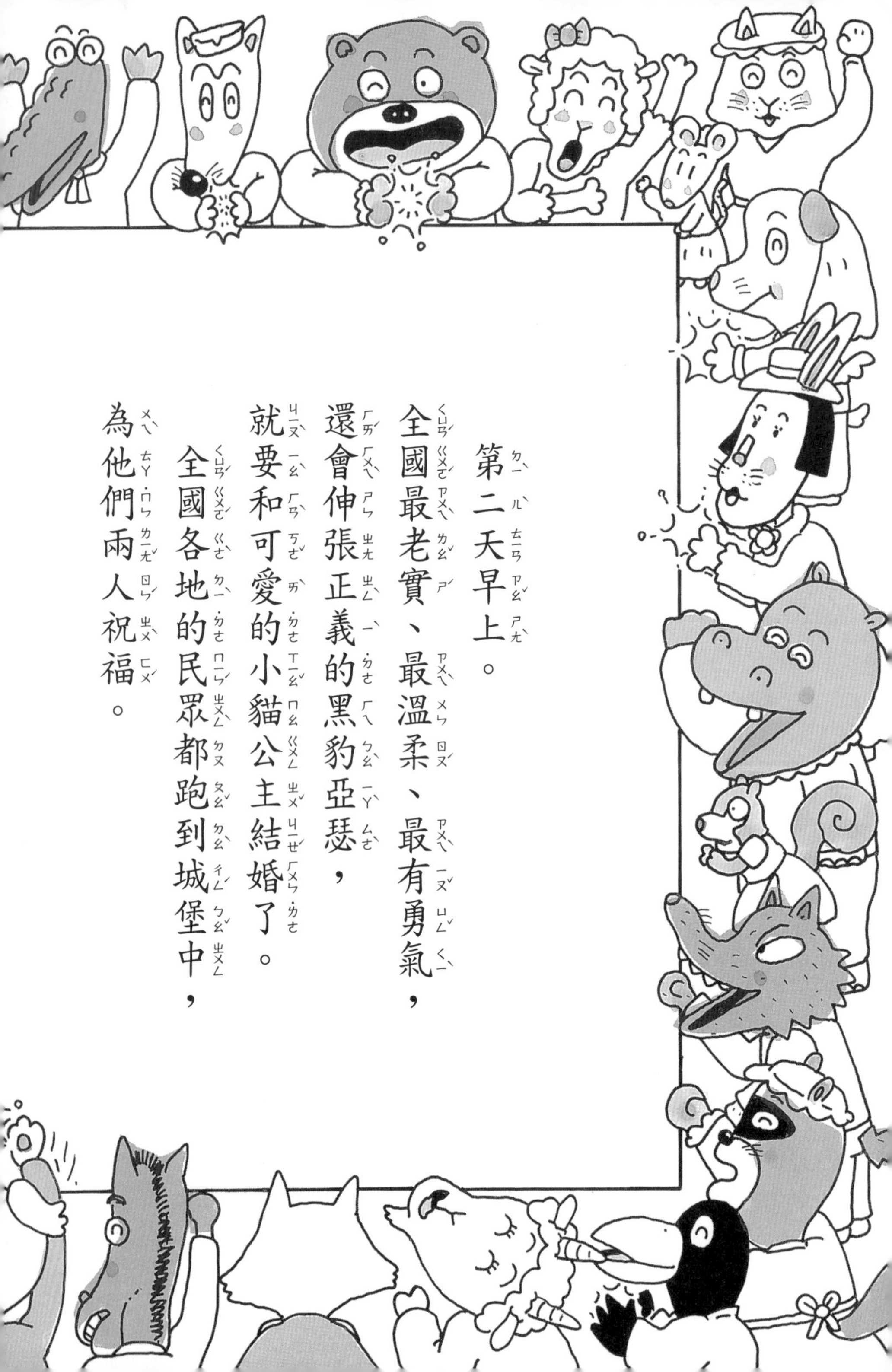

第二天早上。

全國最老實、最溫柔、最有勇氣，
還會伸張正義的黑豹亞瑟，
就要和可愛的小貓公主結婚了。

全國各地的民眾都跑到城堡中，
為他們兩人祝福。

「恭賀新婚快樂！新王子！」

「亞瑟王子！萬歲！萬歲！」

就在亞瑟準備讓國王為他戴上象徵王子身分的皇冠時……

啪哩啪啦啪——踫！

城牆被打穿一個大洞，

冒出一隻大噴火龍。

噴火龍從嘴巴噴出火焰，

把整支軍隊驅開，

然後抓起可愛的

公主——

哇呀——

一眨眼，公主就被擄走了。因為實在太突然，所有人只能張大嘴巴，眼睜睜的看著。

「嗚——哇！」
國王急得大哭起來。

「喔！對了！我已經決定
哪個勇者能夠打敗可惡的噴火龍，
把公主帶回來，我就封他為本國的王子！」
國王含淚嗚咽著說。
「就等您這句話。」
「你……你是誰呀？」
「國王您好，我是個在
世界各地旅行的貴族，
名叫佐羅力。

旅途中經過布魯魯山時，
曾見過剛才那隻可怕的噴火龍。
就讓我打敗那隻噴火龍，
把公主平安接回來吧。」
亞瑟聽到之後也跟著說：
「我也要為了心愛的公主，
去打敗那隻噴火龍。」

亞瑟趕緊回家，

帶著黑豹家代代相傳，

可以抵擋所有刀劍的盔甲和盾牌，

以及連石頭也能劈開的寶劍，

再趕回來。

「佐羅力大人，

您要去跟噴火龍挑戰，

居然什麼武器法寶

都不帶嗎？」

「那倒不是，
我這會兒
正要去準備武器。
我知道有一家
很棒的武器商店，
要不要一起去看看哪？」

佐羅力帶著亞瑟，來到路盡頭的一家破舊小店，

招牌上寫著「打敗噴火龍專賣店」。

「就是這裡，就是這裡。」

「咦？這裡居然
有一家這樣的店，
我以前都不曉得呢。」

「歡迎光臨——。」

一對和藹可親的雙胞胎店員

走出來迎接。

「哎呀呀，黑豹先生，
你現在還用這種老舊的盔甲和劍，
是打不過噴火龍的唷。」
「我們挑件店裡最強的武器，
跟你的盔甲和劍交換吧。」
「真的嗎？不好意思耶。」

發光寶劍
23980元
水晶寶劍
4560元
內建祕密按鈕盾牌
70000元
閃電寶劍
150000元
破爛寶劍
5元
頭盔
250元
秋田犬劍
5000元
軟綿綿寶刀
2385元
木板盾牌
860元
我去一下洗手間。
破爛盔甲
75元
輕巧盔甲
70000元
厚重盔甲
158263元

「黑豹先生，
這些很適合您喔。
晶瑩剔透的水晶寶劍，
還有輕便好活動的盔甲。
加上厚厚的盾牌，
每一項都可以保護您唷。」

「這個盾牌上的按鈕，
有什麼作用？」

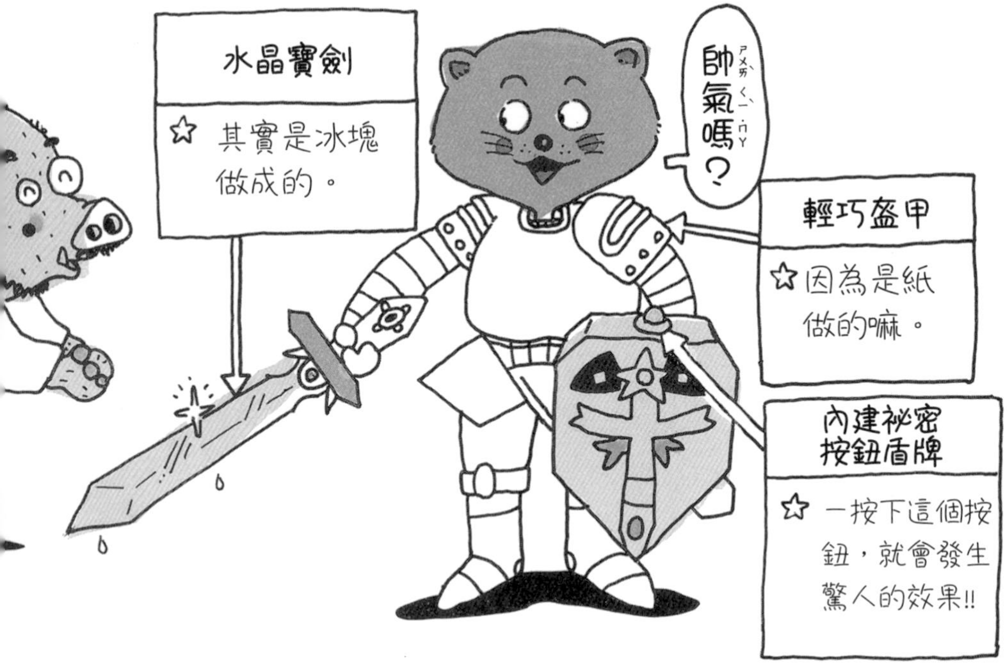

「嘿嘿嘿，那個呀，
到了緊要關頭
只要一按下去，
就會出現驚人效果。
算是特別贈送的唷！」
「哎呀，真不好意思，
謝謝你們的幫忙嘍。」

嘻嘻呵呵
佐羅力先生，趁現在拿去，趁現在拿去。

佐羅力在店後方，穿戴好亞瑟那套能抵擋所有刀劍的盔甲和盾牌，再帶著可以劈開任何石頭的寶劍，然後趕緊從後門走出去。

只要把黑豹標誌
塗改成佐羅力標誌，
就沒有人會懷疑它是偷來的。

「黑豹先生，不好啦。佐羅力先生從後門離開，自己先跑去打噴火龍啦。」

店員伊豬豬一說完，魯豬豬立刻說：

「拿去吧，特別優待，送你一幅捷徑地圖。」

「讓你們幫這麼多忙，真是太感激了。」

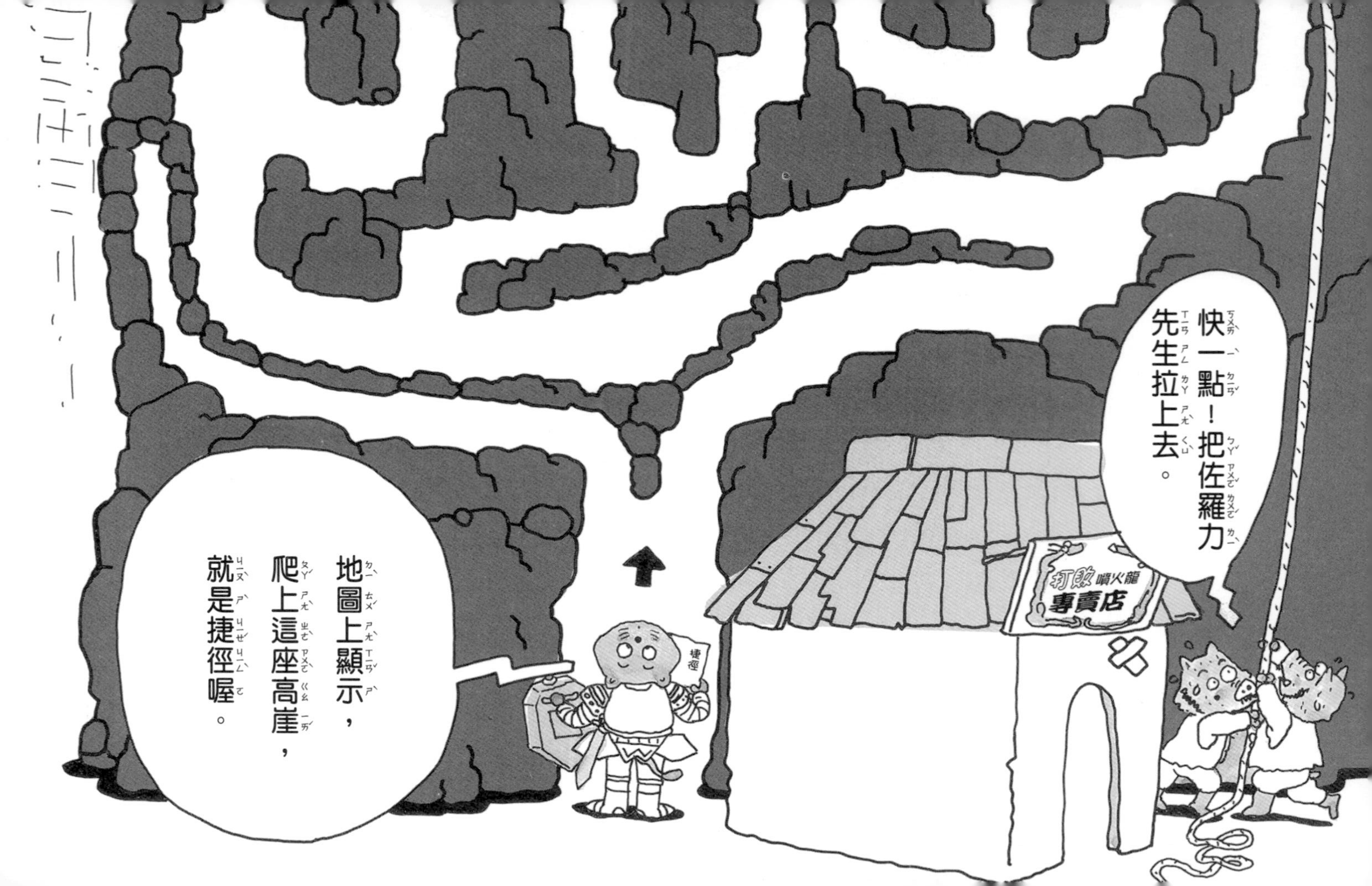
快一點！把佐羅力先生拉上去。
打敗噴火龍專賣店
捷徑
地圖上顯示，爬上這座高崖，就是捷徑喔。

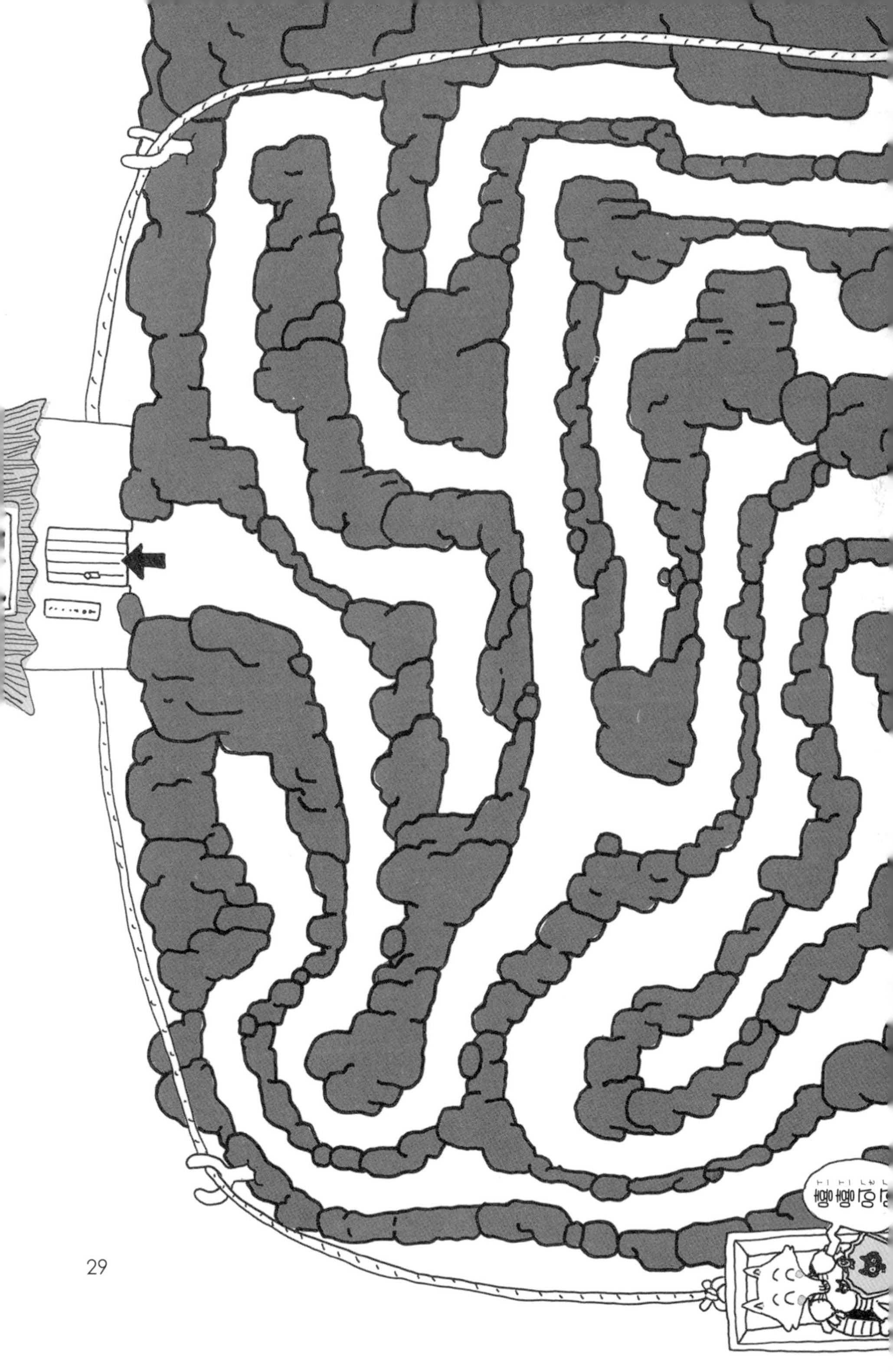

佐羅力搭上升降梯攀上高崖，
假扮成茶水鋪的老奶奶，
埋伏等著亞瑟。

「哎呀呀，辛苦了。
您是要去打噴火龍的勇士吧，
一定很累了。
趕快進來這家小茶水鋪，
吃點東西墊肚子。
吃飽了才有精神擊敗噴火龍。

這可是從以前就留下來的老規矩呢。來吧，請進，請進。」

「我想吃漢堡或是義大利麵耶。」

「先生，要不要嘗嘗看，這家店最有名的巨無霸飯糰呢？」

「嗯——，我還是吃義大利麵好了。」

「不不不，每一位要去攻打噴火龍的人，一定都會吃這裡的巨無霸飯糰喔。」

「那個，好吃嗎？」

「是啊。那當然，那當然嘍。

簡直是好吃得要命哪。」

「那我就吃巨無霸飯糰吧。」

老奶奶露出微微的奸笑，

「您點的是一份巨無霸飯糰——。嘿嘿嘿……」

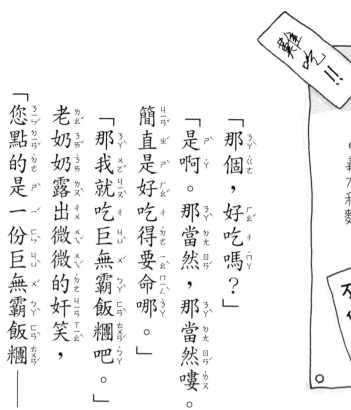

「巨無霸飯糰來一份!!」

老奶奶高喊一聲，
廚房裡傳來一陣巨響，
同時有一顆超級大、
超級大的大飯糰，
朝著亞瑟滾過來。

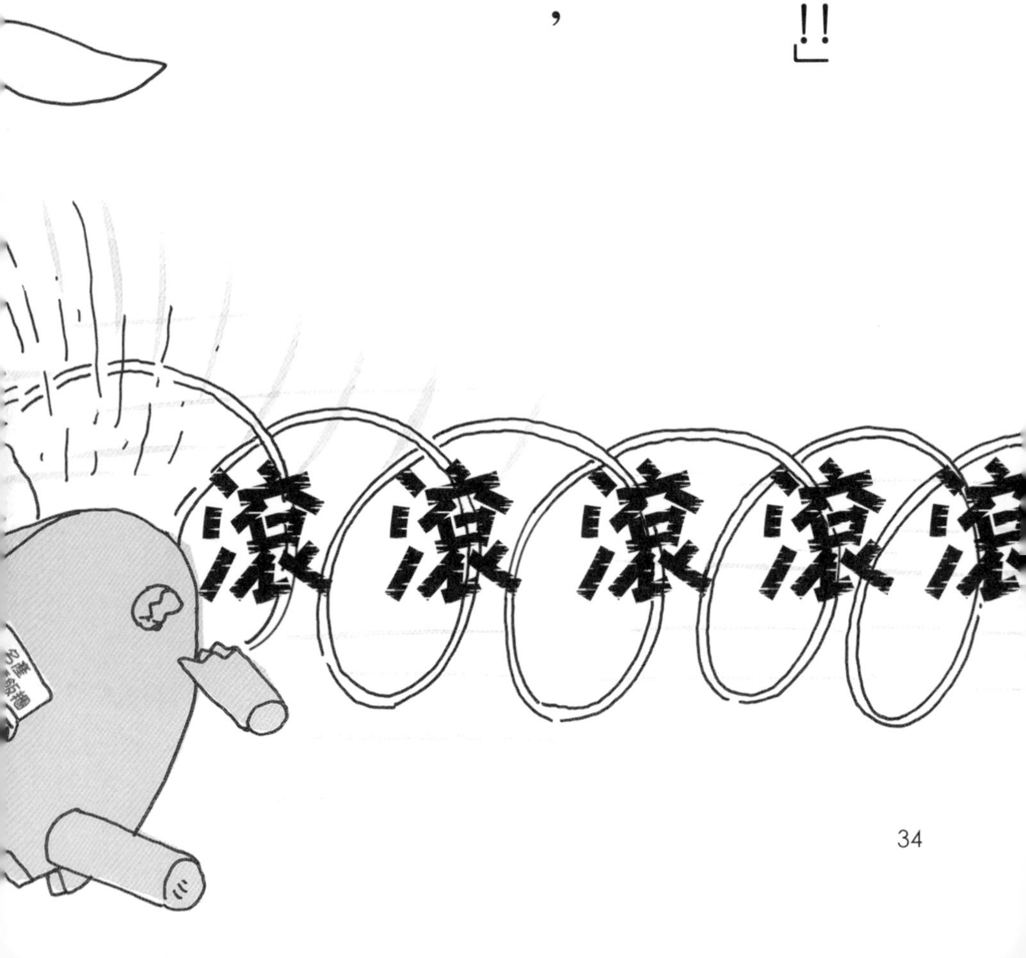

飯糰來了，請您慢慢的享用。
這、這、這是什麼呀！
砰！

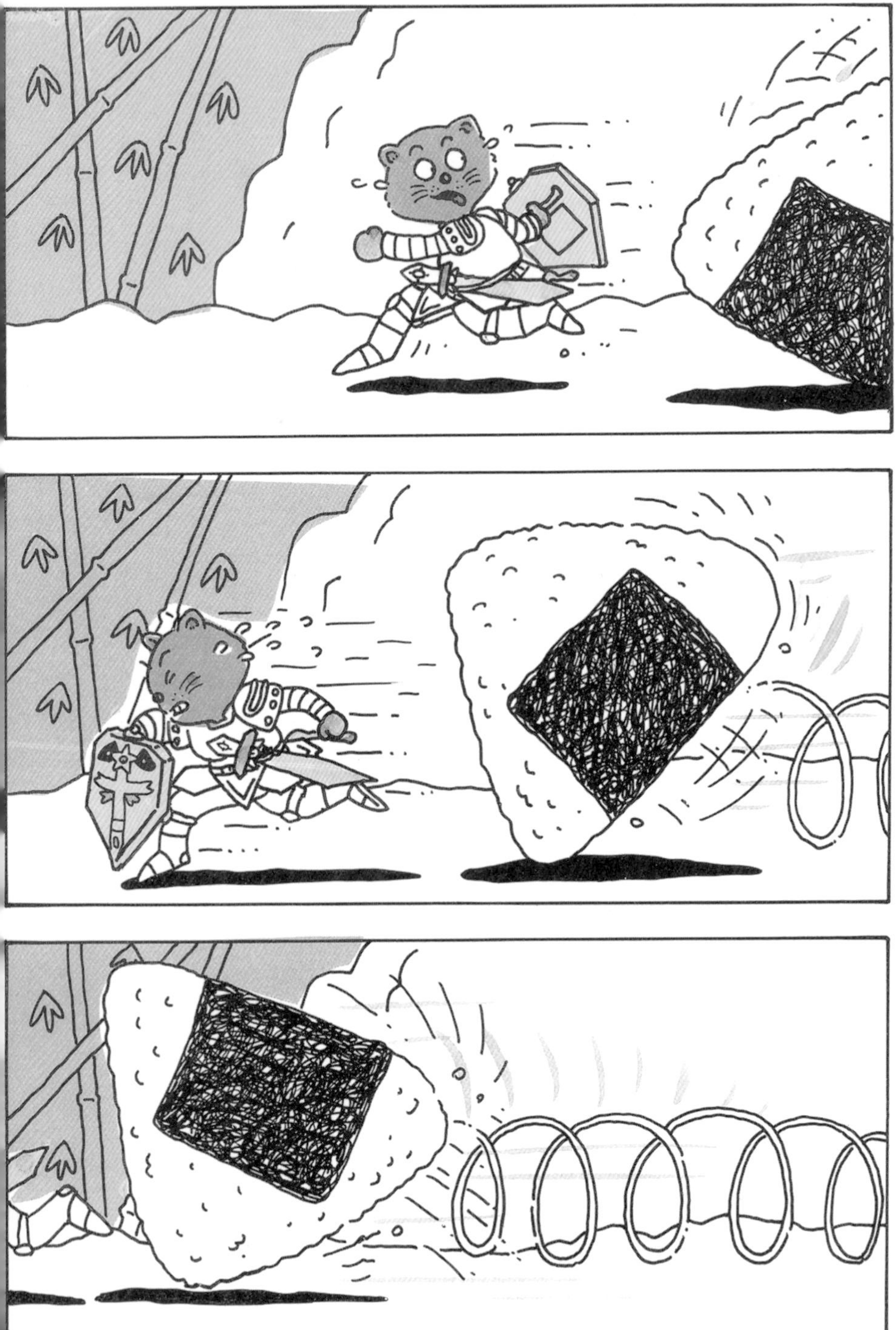

亞瑟在一條小路上，
拚命閃躲著巨無霸飯糰。
但巨無霸飯糰卻愈滾愈快。
眼看著巨無霸飯糰
逐漸逼近亞瑟，
就快把他壓扁了！
不僅如此，
在亞瑟的眼前
還出現了……

一條大蟒蛇，
牠被巨無霸飯糰的香味
吸引過來，
而且正張開大大的嘴巴，
等待著。

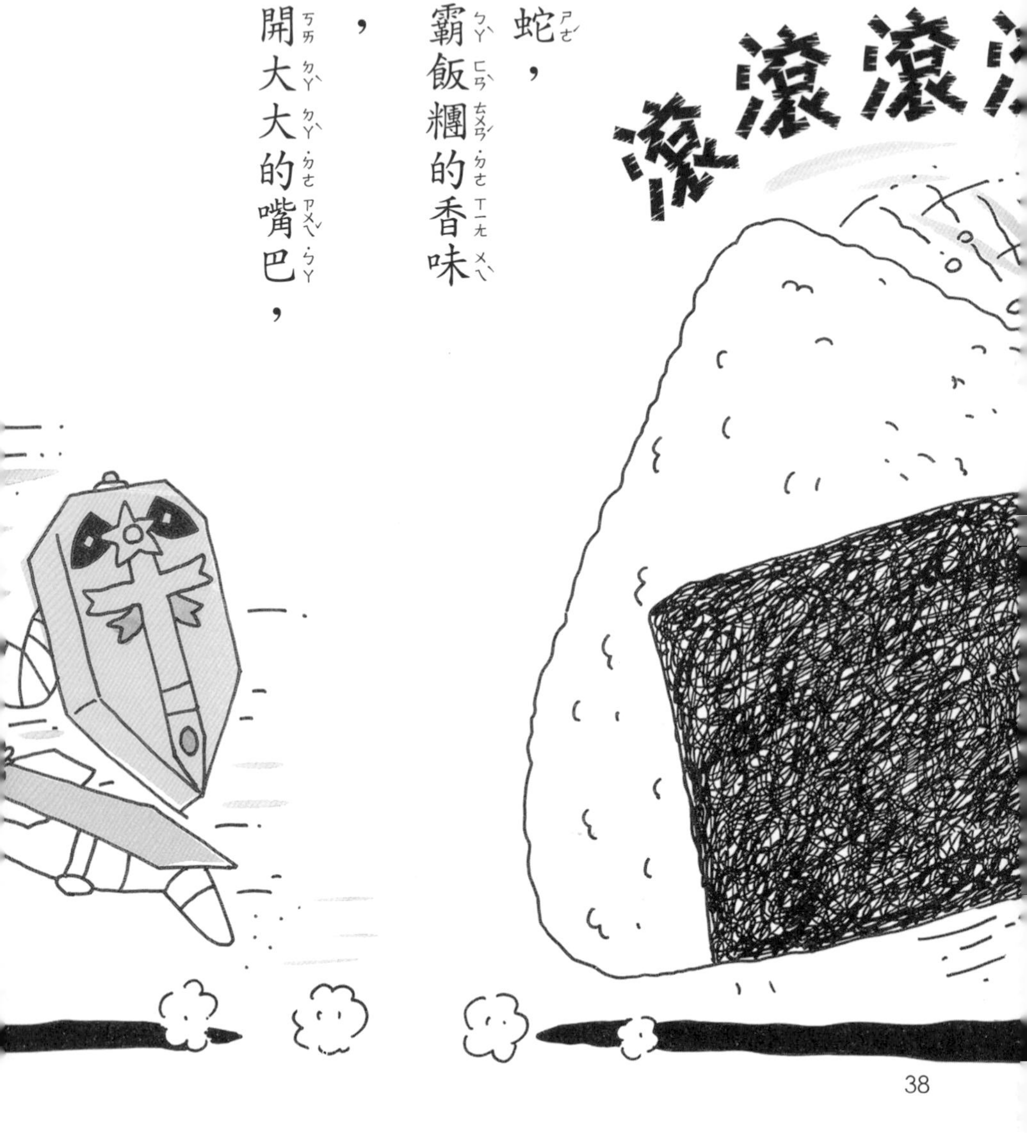

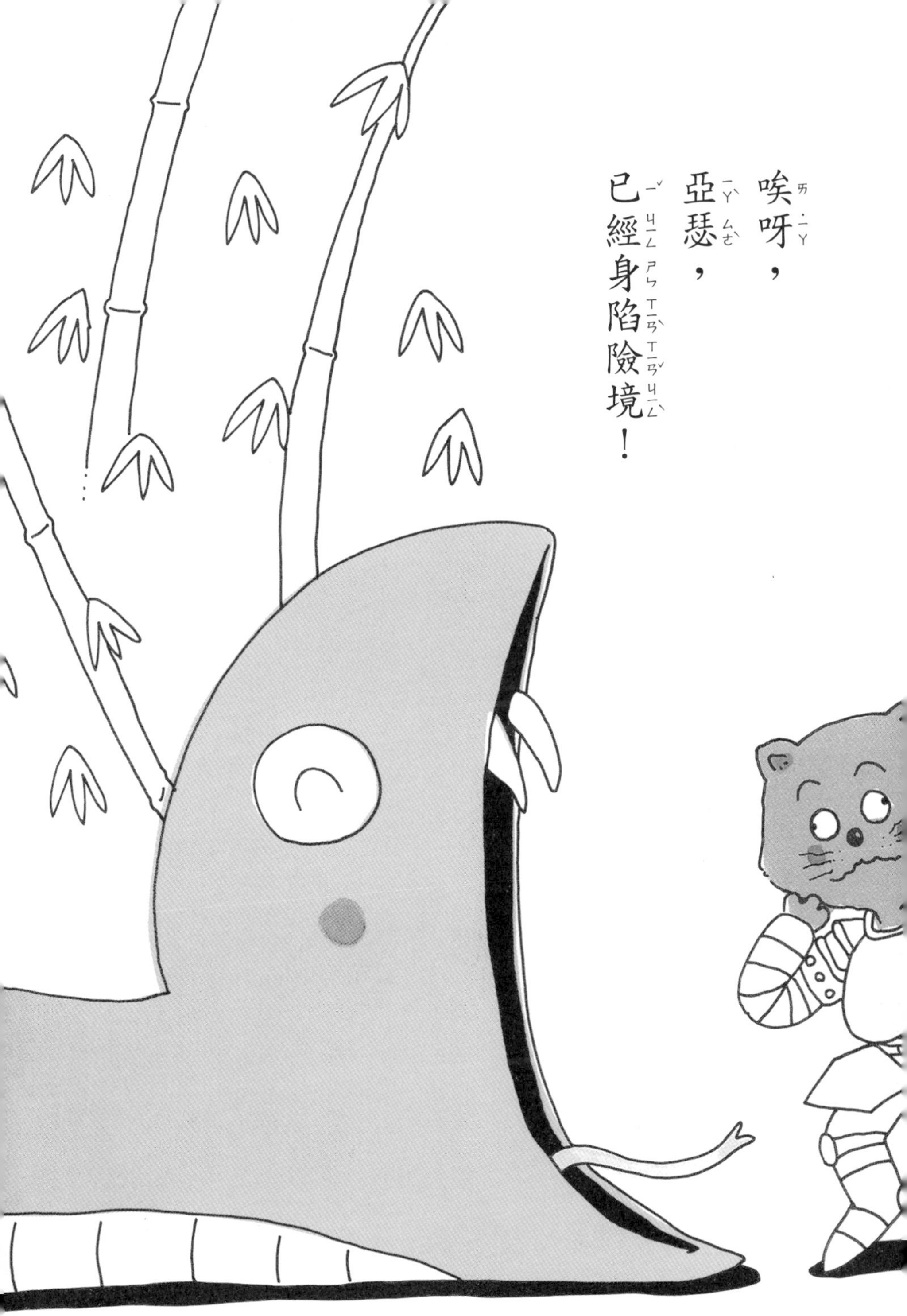
唉呀，
亞瑟，
已經身陷險境！

嘿！

他用盡全力縱身一跳！！

巨無霸飯糰滾著滾著，

直接滾進了大蟒蛇的嘴巴裡。

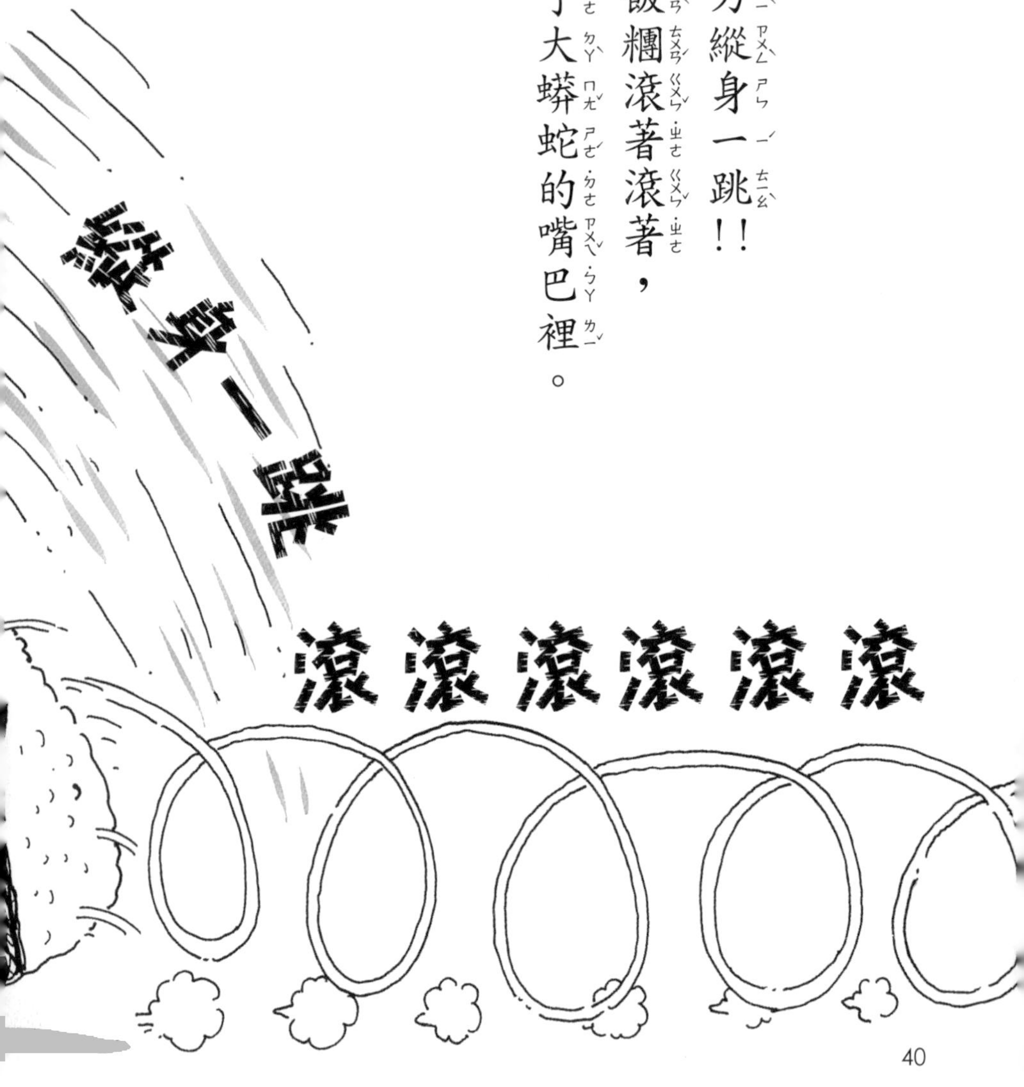

「幸好穿了這身輕巧盔甲，
我才能得救。
如果穿了鋼鐵盔甲，
就沒辦法跳得這麼高啦。」

大蟒蛇不小心吞下一整顆巨無霸飯糰，
身體變長了，
就像一根超大啞鈴。

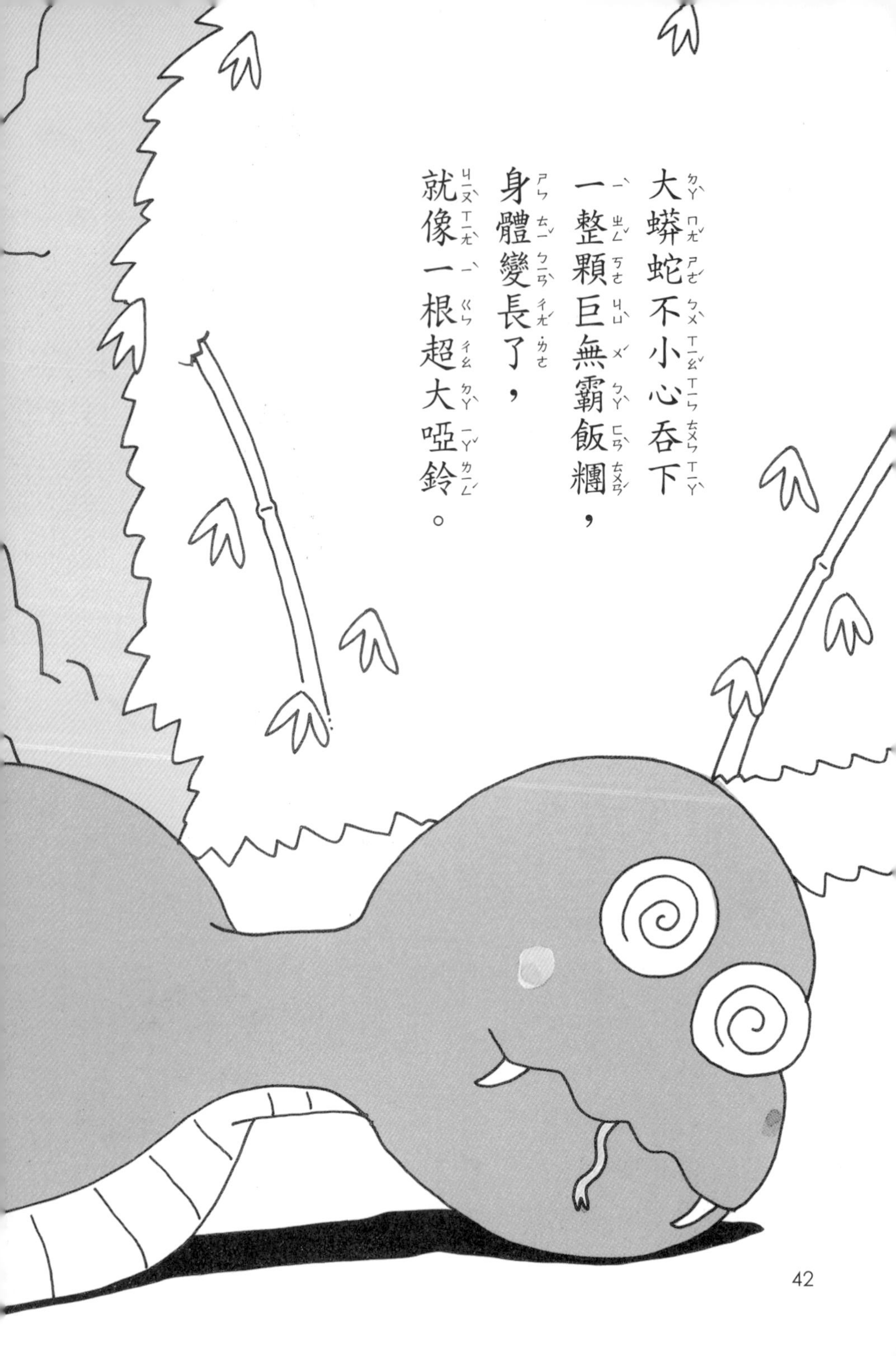

這時候，附近的山洞中傳來一陣嘶吼聲，這吼聲撼動著地底，聽起來非常嚇人。

吼——

亞瑟一走進山洞裡，
就看到那隻可惡的噴火龍站在面前，
牠眼露兇光，緊抓著公主。
「公主大人，亞瑟來救您了。
我就用這把像水晶一樣的寶劍，
擊退噴火龍給您看。」

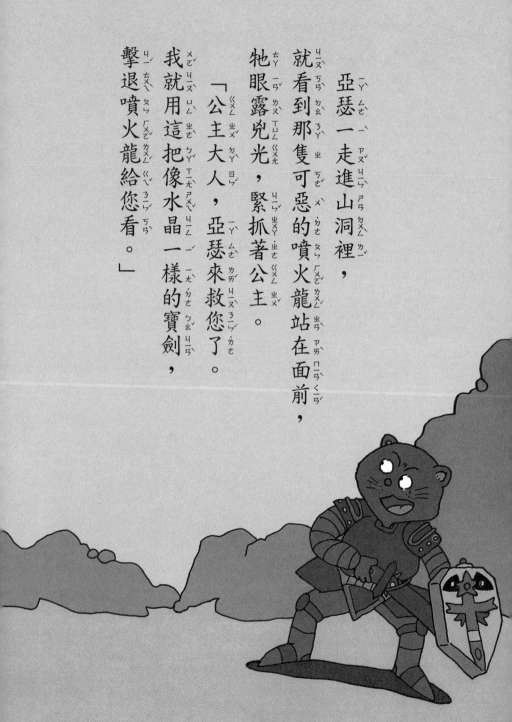

亞瑟擺好架式，
用力拔出寶劍……

但是，寶劍的刀鋒，
竟然消失得無影無蹤。
這還用說嗎？
想也知道。

因為看似水晶的刀鋒，
其實是用冰塊做的，
來到這裡以前
早就溶化了。

噴火龍看到之後，張大了嘴巴，朝著亞瑟噴火。

「我才不怕你的火焰，我還有這一身堅固的盔甲保護呢。」

沒想到，亞瑟的盔甲竟然一下子就猛烈的燒了起來。

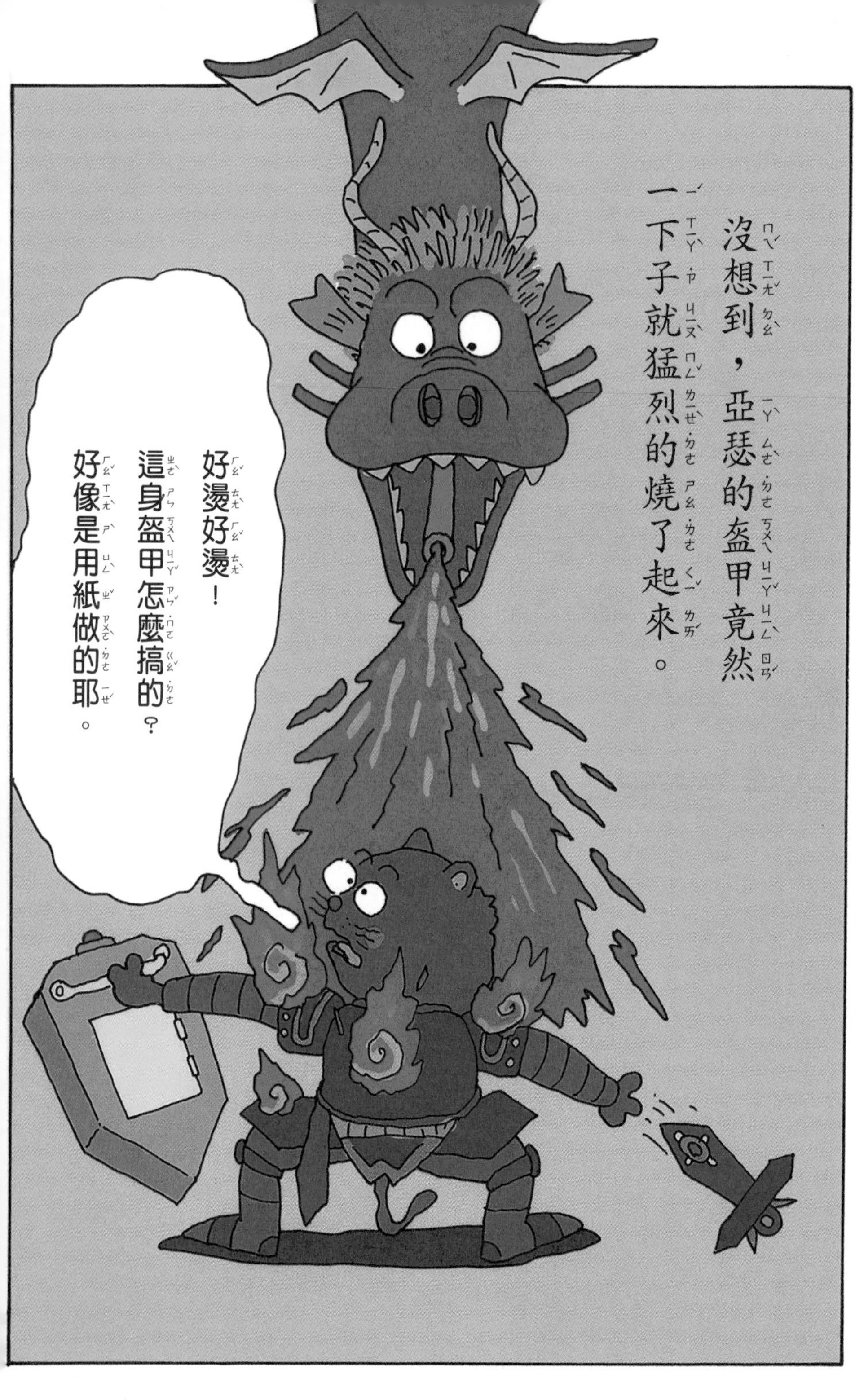

「嘻嘻呵呵。
看你這個樣子，
是沒辦法擊退噴火龍了吧。」
不知道什麼時候，
佐羅力突然來到亞瑟身邊。
「佐羅力先生，沒問題，
我還有這個神祕盾牌。
遇到緊要關頭時，只要
按下這個開關……」

砰～～～咚！

有個拳頭瞬間從神祕盾牌裡飛出來。

不過，很可惜，飛出來的拳頭並不是朝向噴火龍，而是正對著亞瑟，用力打過去。

亞瑟整個人往後倒去，
一不小心，
就狠狠撞上大石頭。

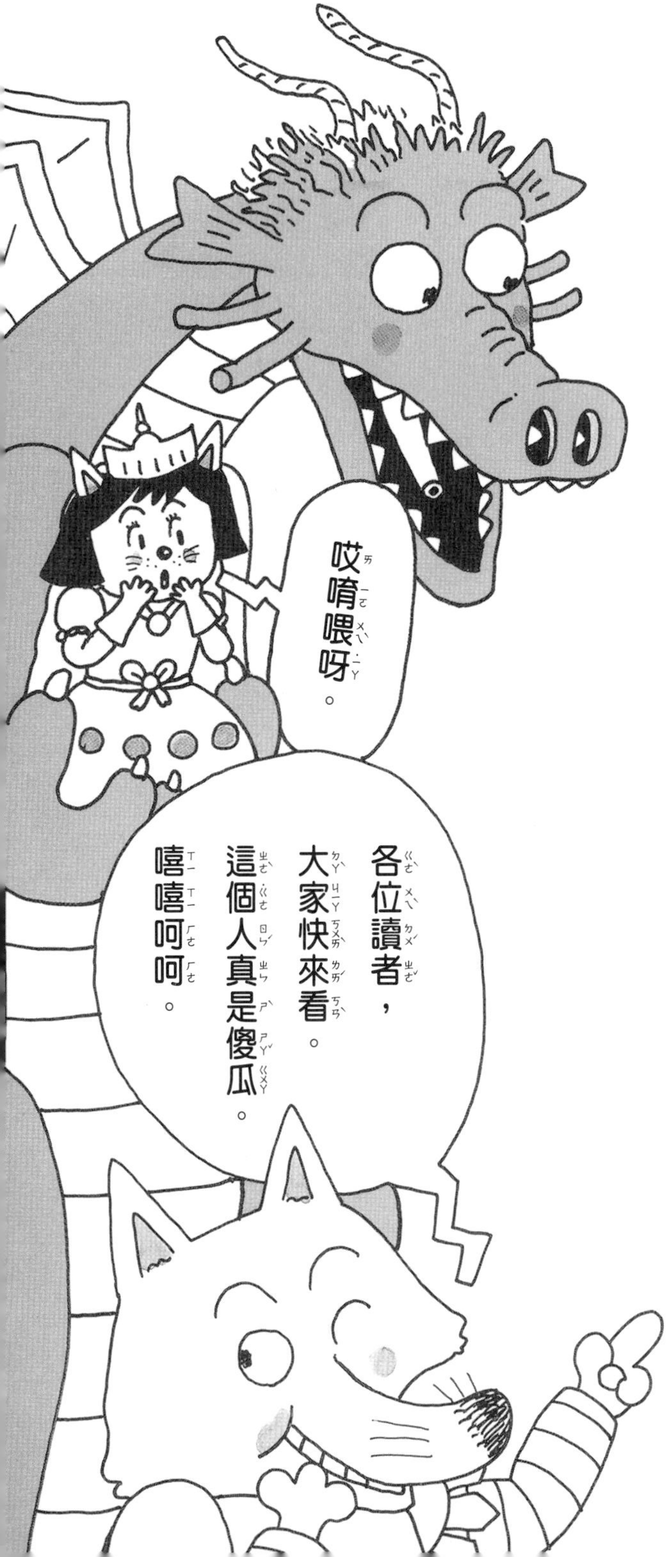
哎唷喂呀。
各位讀者，大家快來看。這個人真是傻瓜。嘻嘻呵呵。

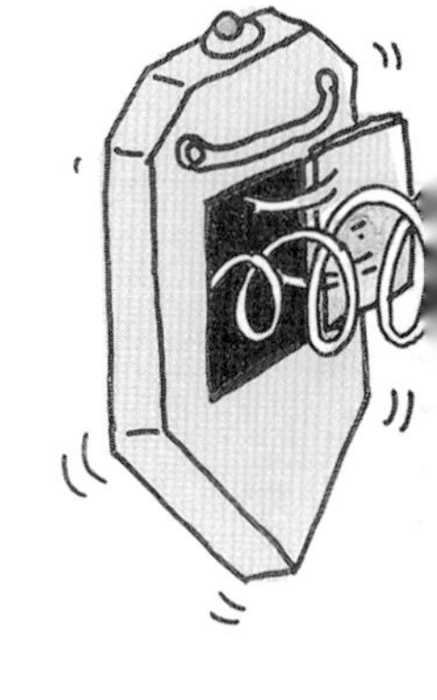

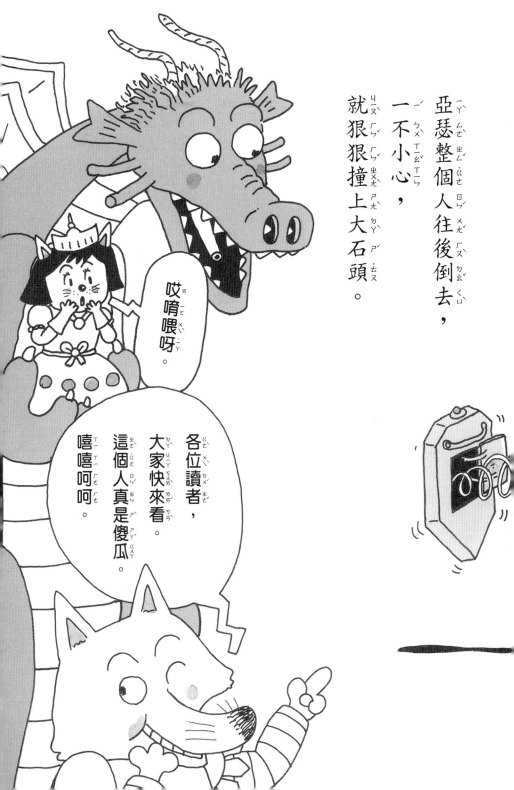

「哇哈哈哈。公主大人，

您看見了嗎？

亞瑟根本沒辦法打倒噴火龍呢。

不過，請您放心。」

佐羅力朝著公主扔出一枝玫瑰花，

一面說著。

「在您享受這朵花的芳香時，

在下佐羅力
就當著您的面，
打倒這隻噴火龍。」
公主緊握著玫瑰花，
輕輕的說：
「真是一位浪漫的
紳士啊。」

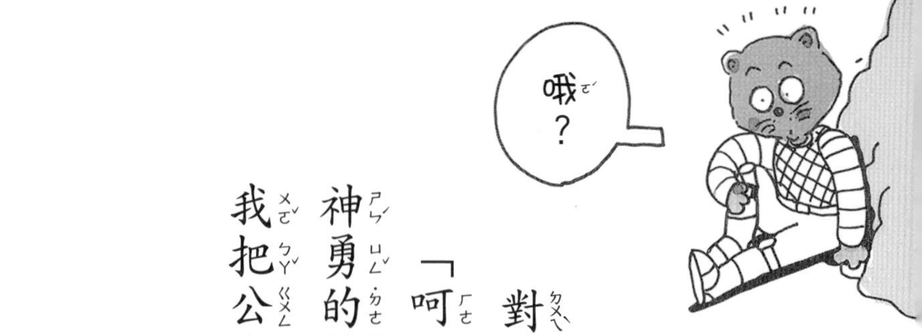

「臭龍，來比個高下吧！」

佐羅力俐落的拔出寶劍，

對著噴火龍輕輕刺了幾下，

「呵呵，佐羅力先生，

神勇的佐羅力先生，對不起呀。

我把公主還給您了。」

噴火龍突然開口說起話來，
而且輕而易舉就投降了。

「佐羅力先生好神勇耶。」

公主大人還陶醉在其中，

竟然連旁邊的噴火龍也跟著稱讚：

「就是說呀。

要挑結婚對象的話，

佐羅力先生是最佳人選喔。

我噴火龍能拍胸脯保證。」

佐羅力非常開心。

剛才看著這一幕的亞瑟，
覺得噴火龍的態度不太對勁。
佐羅力只不過拿著寶劍，
輕輕戳了幾下，
噴火龍就立刻投降，
而且還努力討佐羅力開心。
這時，有一陣「嗚嗚」的呻吟，
慢慢接近。

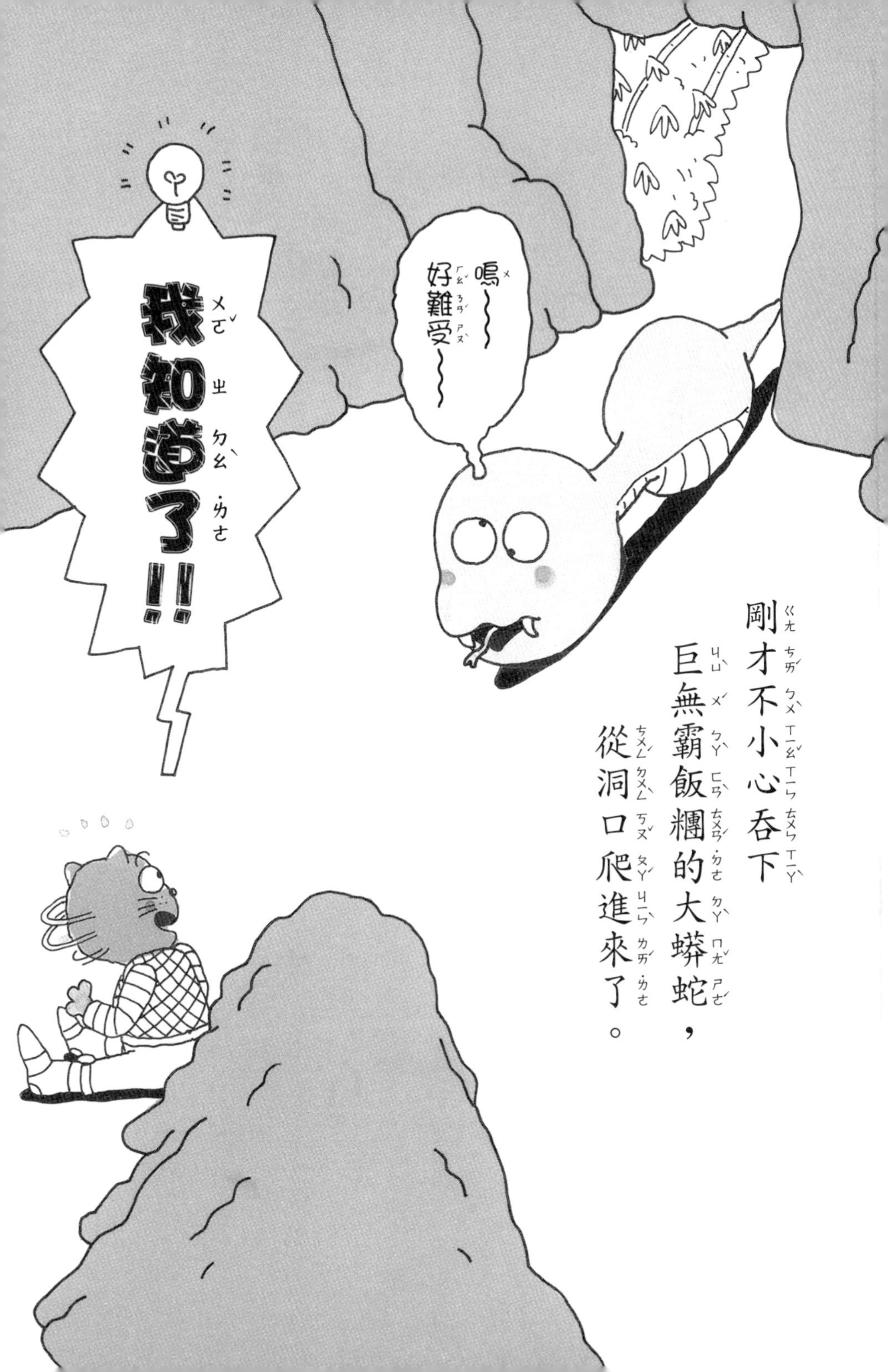

剛才不小心吞下巨無霸飯糰的大蟒蛇，從洞口爬進來了。

亞瑟對著
大蟒蛇那個
因為吞了
巨無霸飯糰
而鼓得脹脹
的肚子……
肚子好脹啊~

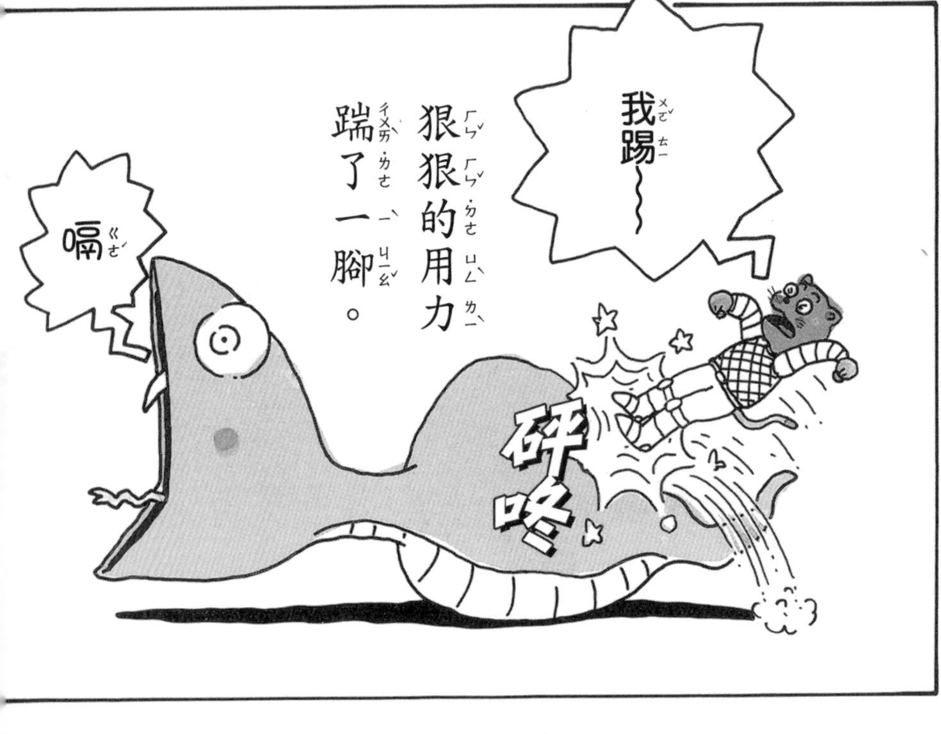
我踢~~
狠狠的用力
踹了一腳。
嗝
砰咚

巨無霸飯糰猛然從大蟒蛇嘴裡衝出來，一路滾呀滾，

滾呀滾，朝著噴火龍滾過去。

巨無霸飯糰狠狠的撞上噴火龍的左腳，

「嗚哇，好痛啊——。」

哎呀呀，愛哭鬼伊豬豬突然從噴火龍的左腳裡跳出來。

「伊豬豬，你不要緊吧？」

這下子換成糊塗蛋魯豬豬，從噴火龍的右腳探出頭來。

「沒錯！這隻噴火龍果然是人造的！」

亞瑟高喊著。

哎呀呀。
糟了！
啵喀
啵喀
砰咚
哇，什麼東西從腳上冒出來？

「佐羅力大師，怎麼辦？好像被拆穿了耶。」

伊豬豬和魯豬豬，趕緊跑到佐羅力身邊。

「我知道嘍，佐羅力先生。不，佐羅力，是你操控噴火龍，把公主大人擄走的吧！」

唉，佐羅力先生真是個壞人呀。哼！哼！

你現在才發現嗎？已經太遲嘍。來吧，讓你好好瞧瞧，伊豬豬和魯豬豬辛苦製造的噴火龍，威力有多強大。
遵命！
遵命！
扔開

毛是用玉米鬚貼上去的。
眼睛用是手電筒做的。可以照亮100公尺之內的距離。
噴火龍導彈
鼻孔可以發射導彈
火焰發射器
手掌貼著海綿，公主大人被抓住時也不會受傷喔。
如果想救回公主大人的話，就要和本大爺的噴火龍打上一場。嘻嘻呵呵。
救我，亞瑟。

現在為您揭曉
佐羅力・噴火龍的祕密
儲存佐羅力臭屁的氣罐
☆點燃罐子裡的臭屁，就能從嘴巴噴出火焰。好髒喔。
魷魚乾
☆右腳裡躲著糊塗的魯豬豬，負責操控噴火龍的臉、脖子和手。
☆左腳躲著愛哭鬼伊豬豬，操控噴火龍的尾巴和翅膀。
腳部入口
☆噴火龍走路時，由伊豬豬和魯豬豬輪流一蹦一跳，就能讓噴火龍順利前進。

「來吧，對亞瑟射出一枚火龍導彈，當作送他的禮物！」

沒想到，
伊豬豬和魯豬豬
在噴火龍的雙腳裡吵起架來。
「呃，噴火龍導彈的按鈕，
是藍色的吧？」
「不對啦。是紅色的。」
「哎呀，既然是男生，
當然還是藍色好。
藍色鈕，按下去嘍。」

轟轟轟轟——

真是太可惜了。

藍色鈕是控制從嘴巴
噴出火焰的按鈕。

佐羅力剛好就站在
噴火龍嘴巴下方，
這下子被火焰燒個正著，
全身焦黑。

轟轟轟
哇！好危險。

「嗯嗯，不能只靠噴火龍。勇者佐羅力大爺我，就用這把連石頭都能劈開的寶劍，把你砍成兩半！嘻嘻呵呵嘻呵。」

「亞瑟手上沒有劍呀。佐羅力先生，你太卑鄙了。」公主大聲高喊。

「嘻嘻呵呵，本大爺最喜歡做卑鄙的事啦。」

佐羅力使勁揮舞著寶劍，朝亞瑟砍過去。

「危險！」

公主忍不住閉上眼睛。

不愧是身手俐落的亞瑟，
輕輕巧巧閃過。

結果，
佐羅力的寶劍
「刷」的一聲，深深
插進洞穴的牆壁裡。

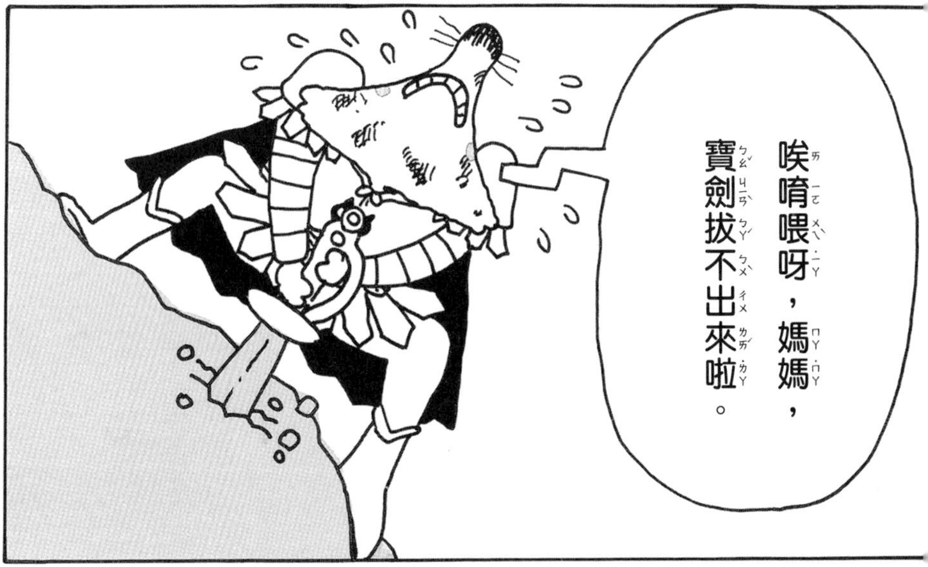

「來吧，就趁現在。我們趕快回城堡去。」

亞瑟將公主一把抱起來。

「搞什麼啊，
怎麼能放他們逃跑呢！
喂！野豬兄弟！
快用噴火龍的雙腳，
把亞瑟跟公主踩扁！」
佐羅力怒氣沖沖的叫道。
在噴火龍雙腳裡的伊豬豬和
魯豬豬也被激發起鬥志，
「好，就讓我用右腳，

把他們兩個踩扁。」
魯豬豬說。
「不對！應該是我用左腳把他們踩扁。」
伊豬豬說。
兩個人都想用自己負責控制的那隻腳來踩扁亞瑟和公主，
希望因此能獲得佐羅力誇獎。
這時，糊塗蛋伊豬豬想到一個好方法。
「不如我們數到三，一起踩下去吧！」

「一，二，三！」

他們兩個隨著叫聲，

右腳跳！

左腳跳！

兩隻腳都同時往前

用力一跳，

糟糕啦！

噴火龍在一瞬間，

失去平衡……

嗯？好像不太妙。

巨大的噴火龍就這樣
倒在佐羅力的身上，
散裂成好幾段，完全壞掉了。
佐羅力的計畫也因此，
全都泡湯啦。
只剩下佐羅力
頭上腫起來的那個
好大、好大的包。

哼！
本大爺打從一開始
就不想當這個小國的王子。
要當個更大的國家的王子才好哇。
這個小國就算了吧，我不想要了。
再多等我一下呀，
媽媽。
嗚嗚……
佐羅力先生，對不起。
佐羅力先生，對不起。

將公主平安無事救出來的亞瑟，再一次接受全國民眾的熱烈歡迎，並在大家的恭賀下當上王子。

另一方面，佐羅力則再次踏上修練之路。

左頁的照片，就是佐羅力自己預先準備好，當上王子時要用的肖像照。

怪傑佐羅力
我已經在照片上簽名了，你們剪下來貼在房間裡吧。

於是，佐羅力繼續著他的孤獨旅程。

我們被自己的國家驅逐了。佐羅力大師，請帶我們一起去旅行吧！
佐羅力大師，別丟下我們呀。我們還是有用的，可以幫你的。嗚嗚。

都是你們兩個，
害我的計畫泡湯。
我才不要你們跟著
一起旅行呢。
孤獨的男子漢，
隻身走天涯，
不需要其他同伴。

作者簡介

原裕 Yutaka Hara

一九五三年出生於日本熊本縣，一九七四年獲得ＫＦＳ創作比賽「講談社兒童圖書獎」，主要作品有《小小的森林》、《手套火箭的宇宙探險》、《寶貝木屐》、《小噗出門買東西》、《我也能變得和爸爸一樣嗎？》、【輕飄飄的巧克力島】系列、【膽小的鬼怪】系列、【菠菜人】系列、【怪傑佐羅力】系列、【鬼怪尤太】系列、【魔法的禮物】系列等。

譯者簡介

葉韋利 Lica Yeh

一九七四年生。典型水瓶座，隱性左撇子。

現為專職主婦譯者，享受低調悶騷的文字 cosplay 與平凡充實的敲鍵盤生活。

譯者葉韋利工作筆記：http://licawork.blogspot.com

怪傑佐羅力之打敗噴火龍

怪傑佐羅力系列 01

作者｜原裕
譯者｜葉韋利
責任編輯｜張文婷
特約編輯｜蔡珮瑤
美術設計｜杜皮皮

天下雜誌群創辦人｜殷允芃
董事長兼執行長｜何琦瑜
媒體暨產品事業群
總經理｜游玉雪
副總經理｜林彥傑
總編輯｜林欣靜
行銷總監｜林育菁
資深主編｜蔡忠琦
版權主任｜何晨瑋、黃微真

出版者｜親子天下股份有限公司
地址｜台北市 104 建國北路一段 96 號 4 樓
電話｜(02) 2509-2800
傳真｜(02) 2509-2462
網址｜www.parenting.com.tw
讀者服務專線｜(02) 2662-0332
週一～週五：09:00~17:30
讀者服務傳真｜(02) 2662-6048
客服信箱｜parenting@cw.com.tw
法律顧問｜台英國際商務法律事務所・羅明通律師
製版印刷｜中原造像股份有限公司
總經銷｜大和圖書有限公司
電話｜(02) 8990-2588

出版日期｜2011 年 3 月第一版第一次印行
2023 年 8 月第一版第三十六次印行
定價｜250 元
書號｜BCKCH014P
ISBN｜978-986-241-285-5（精裝）

訂購服務
親子天下 Shopping｜shopping.parenting.com.tw
海外・大量訂購｜parenting@cw.com.tw
書香花園｜台北市建國北路二段 6 巷 11 號
電話｜(02) 2506-1635
劃撥帳號｜50331356 親子天下股份有限公司

國家圖書館出版品預行編目資料

怪傑佐羅力之打敗噴火龍
原裕 文、圖；葉韋利 譯 --
第一版. -- 台北市：天下雜誌, 2011.03
92 面；14.9x21公分. --（怪傑佐羅力系列；1）
譯自 かいけつゾロリのドラゴンたいじ
ISBN 978-986-241-285-5（精裝）
861.59　　100004946

日本熱賣25年，狂銷3,300萬本的經典角色

讓你笑到彎腰、幽默破表的
開胃閱讀系列

怪傑佐羅力

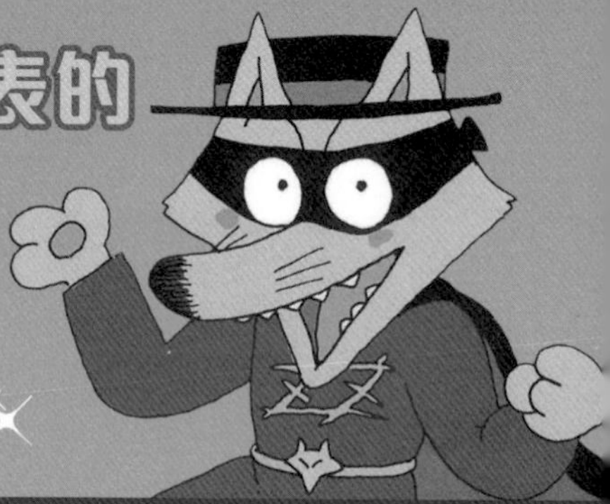

連續五年圖書館小學生借閱率前三名

不論遇到什麼困難，佐羅力都絕對不會放棄。我認為懂得運用智慧、度過難關，這種不放棄的精神，是長大進入社會以後最重要的事。

——【怪傑佐羅力】系列作者 **原裕**（Yutaka Hara）

不靠魔法打敗哈利波特的佐羅力

日本朝日新聞社調查幼稚園~國小六年級3,583位小朋友，佐羅力打敗哈利波特，是所有小朋友心目中的最愛！

風靡所有孩子的佐羅力精神

★雖然每次的惡作劇都失敗，卻反而讓佐羅力成為樂於助人的正義之士。
★不管遇到什麼挫折，佐羅力總是抬頭挺胸向前走。
★雖然媽媽不在身邊，卻總是想著媽媽，勇敢面對挑戰，所以佐羅力永遠不會變壞。
★不只故事有趣，藏在書中各處的漫畫、謎題、發明，每次讀都有新發現。

下一本永遠更有趣，讓孩子想一直讀下去

佐羅力雖然很愛惡作劇，卻常常失敗，反而幫助了別人，真是太好笑了！

——台灣・陳稷謙・小三

【佐羅力】系列不僅字體大容易閱讀，還包含很多像漫畫般的插圖，非常適合作為孩子自己閱讀的第一本書。我的孩子是因為看了【佐羅力】，才變得能夠單獨閱讀一本書。

——日本・家長

雖然佐羅力很愛惡作劇，卻很看重朋友，一不小心還會做好事。這點讓女兒覺得很有趣，還讓她聯想到自己與朋友間的關係，甚至產生「佐羅力即使失敗，也會多方思考，絕對不放棄」這樣不怕挫折的想法。

——日本・家長

現在就和佐羅力一起出發！

為了向天國的媽媽證明，自己能夠成為頂天立地的「惡作劇之王」，佐羅力帶著小跟班伊豬豬、魯豬豬，展開充滿歡笑和淚水的修練之旅……

佐羅力

為了讓在天堂的媽媽以他為榮，佐羅力立志成為「惡作劇之王」，勇敢踏上修練之旅。旅途中佐羅力喜歡打抱不平，常有驚人的創意發明，雖然每次惡作劇都以失敗收場，卻陰錯陽差解決難題，搖身變成眾人感謝的正義之士。

伊豬豬、魯豬豬

貪吃的野豬雙胞胎，哥哥伊豬豬右眼和右鼻孔比較大；弟弟魯豬豬左眼和左鼻孔比較大。兩人因為仰慕佐羅力成了小跟班，尊稱佐羅力為大師，卻總是幫倒忙，造成不可收拾的混亂，拖累佐羅力的計畫。

佐羅力的媽媽

溫柔的母親是佐羅力最念念不忘的人，但她在佐羅力小時候就已經去世。由於佐羅力個性迷糊，讓她即使在天堂，卻仍然常常來到人間，關心寶貝兒子的一舉一動，偶而還會偷偷幫助佐羅力，是一位愛子心切的好母親。

親子天下 雜誌出版
購書及訂閱電子報・天下童書館 www.cwbook.com.tw/kid
親師生三方互動最佳的橋梁・親子天下網站 www.parenting.com.tw

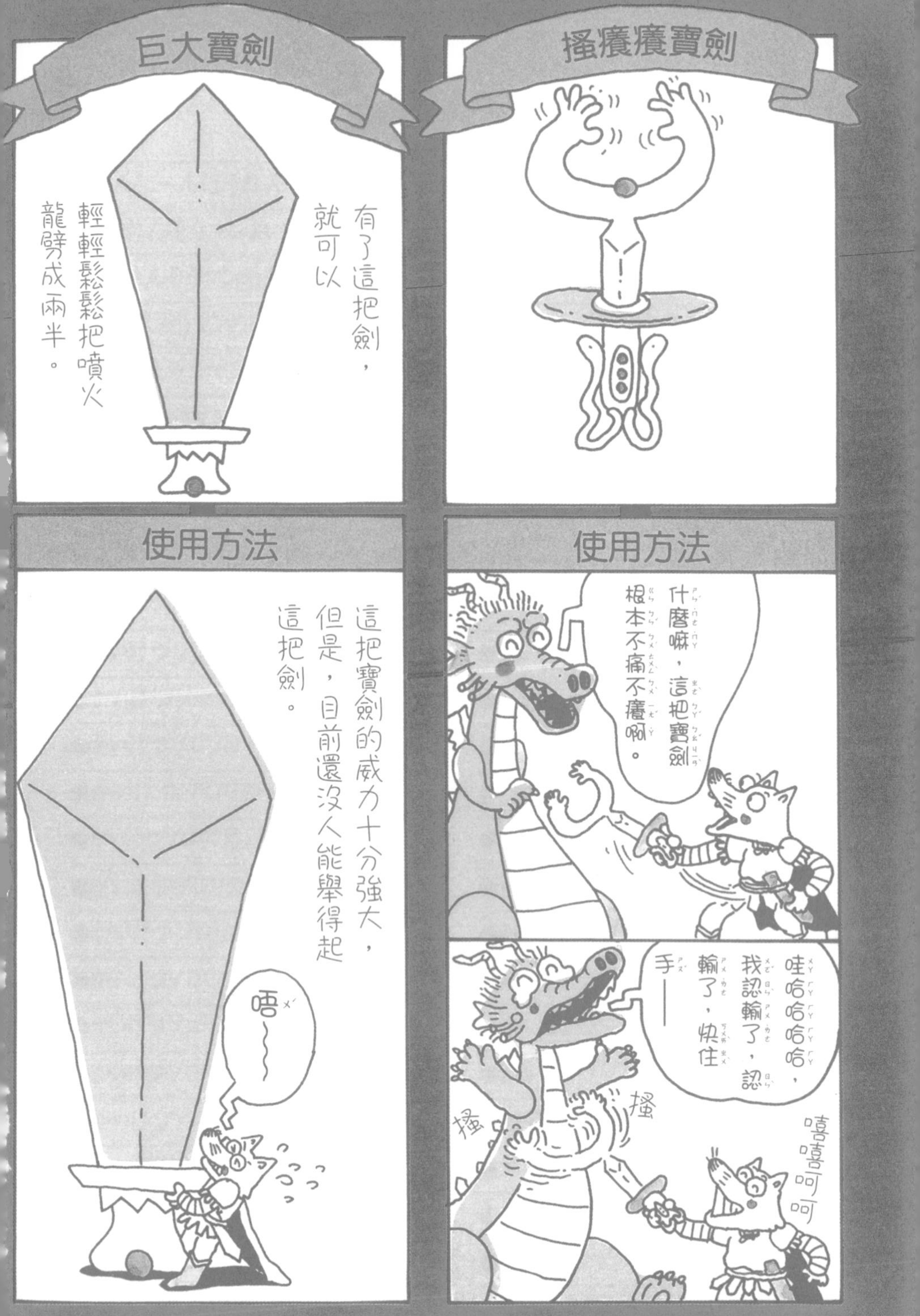

巨大寶劍
有了這把劍，
就可以
輕輕鬆鬆把噴火
龍劈成兩半。
搔癢癢寶劍
使用方法
這把寶劍的威力十分強大，
但是，目前還沒人能舉得起
這把劍。
唔~~~
使用方法
什麼嘛，這把寶劍
根本不痛不癢啊。
哇哈哈哈哈，
我認輸了，認
輸了，快住
手—
搔
搔
嘻嘻呵呵